中国当代西部文学文库

中国当代西部文学文库

阑花的手指

胡琴 著

黄河出版传媒集团
宁夏人民出版社

图书在版编目（CIP）数据

开花的手指 / 胡琴著. — 银川：宁夏人民出版社，
2011.12
（中国当代西部文学文库）
ISBN 978-7-227-04885-5

Ⅰ. ①开… Ⅱ. ①胡… Ⅲ. ①诗集—中国—当代
Ⅳ. ①I227

中国版本图书馆 CIP 数据核字（2011）第 248418 号

中国当代西部文学文库——开花的手指　　　　　　　　　胡　琴　著

责任编辑　唐　晴　刘建英
封面设计　项思雨
责任印制　李宗妮

黄河出版传媒集团
宁夏人民出版社　出版发行

地　　　址　银川市北京东路 139 号出版大厦（750001）
网　　　址　http://www.yrpubm.com
网上书店　http://www.hh-book.com
电子信箱　renminshe@yrpubm.com
邮购电话　0951-5044614
经　　　销　全国新华书店
印刷装订　宁夏捷诚彩色印务有限公司

开　本　720mm×980mm　1/16　　印　张　8.25　　字　数　100 千
印刷委托书号（宁）0008767　　印　数　3500 册
版　次　2012 年 4 月第 1 版　　印　次　2012 年 4 月第 1 次印刷
书　号　ISBN 978-7-227-04885-5/I·1270

定　价　28.00 元

灵魂的通道

——胡琴诗集《开花的手指》序

舒　洁

　　你是低下头的成熟，是弯下腰的收获
　　是沃土深埋的雨水铺开一生的火热
　　我站在你的土地上，让你的霞冠映亮我的思想

　　我读诗歌，特别注意一个诗人的语境。诗歌语境与诗人的心境相通，这之间不可存在阻碍，此种神秘的关联同时决定了一个诗人虔诚叩伏神灵与土地的方式，在那个身影里，我们能够看到神性、大地与心灵交汇的光芒。我在开篇引出的三行诗歌，出自西部女诗人胡琴的诗集《开花的手指》，这首诗歌题为《晚秋》。我承认，她的诗歌吸引了我，她的诗歌语境让我再次确认了诗歌可以自由抵达圣境的可能。

　　"如今，我是草垛的情人／肩扛岁月，身上燃烧着柴米的芳香。"这是诗人的《玫瑰》。在心灵之旗一样《玫瑰》的起始，胡琴这样说："你是英雄的美人，折腰的爱情／你盛开在桌上也有流水的声响。"我已经很久没有读到出自女性诗人笔下的这种充满尊严与挚爱的诗歌了！如此确定，如此坚定，如此笃定的诗歌信仰，一定来源于不会为任何外力妥协的诗歌精神；在这里，只有诗歌，只有诗歌精神旗帜迎着信仰之风的飘动。在我还算广泛的诗歌阅

读记忆里，我觉得，诗人林雪的诗歌，已经从精神的层面从容超越了时下这个繁芜的时代。而胡琴的诗歌，也让我看到了相同的品质，这就是尊严。

胡琴是一个懂得借助纯粹的诗歌语言实现灵魂倾吐的诗人。纵观她的诗歌，我没有看到哪怕一个不洁不雅的文字。在她的诗歌里，你可能看不到网络时代肆意放纵的诟病，比如孱弱、苍白、多疑，比如功利意识支配下的逢迎与追逐，比如为了短暂虚名的主动放弃——更多的写作者们放弃什么呢？结论当然还是尊严，是诗人的，也是诗歌的尊严。

诗歌，来源于灵魂又回到灵魂深处的诗歌，从来就不是用来交换什么的手段。对此，我不怀疑，胡琴是懂得的。我不怀疑，这不是我的判断，而是来自对胡琴诗歌的阅读。在《命运》一诗中，我看到了诗人深刻的悲怜："在陶乐域内一处沙漠地带 / 一只不能生育的母羊 / 率先倒在了养殖户的屠刀下 / 断颈的血水让九月的骄阳在沙滩上有了倒影 / 成群的蚊子排成一条 / 为它超度的路。"九月，骄阳，沙滩，倒影……这些诗歌意象结构而成的景象，最后推至那些活着的羊的眼睛，那是惊恐的，它们"紧紧地偎在一起""它们无语的祷词让我心生敬畏"。这就是胡琴的诗歌，她所关注的不是一己小忧伤、小情调、小苍白、小技巧、小名利、小心思、小排斥、小手段，而是大悲怜！通过这样的诗歌，她找到了灵魂的通道。

在这个通道里，胡琴写乡愁，很多诗人都写过乡愁，这实在是一个古老的主题。那么，在诗歌中，胡琴是怎样倾诉乡愁的呢？在城市楼房钢筋水泥筑造的夹缝里，她怀念老家的屋檐，她在精神的层面绝对忽视了现代城市所充斥的一切，包括表面的浮华，她当然也忽视了城市人群中无声蔓延的各种私欲。她说："我知道，在我白发初生的头颅里 / 有一根血管 / 漂泊着叶落归根的情怀 / 让我忍不住双眼迷湿，虚张双臂 / 将那些完整的、零散的、陈旧的、崭新的记忆 / 拥抱在怀里 / 与我的心脏左右为邻。"胡琴的乡愁是典雅的，像乡下那些旧屋，像被很多很多人（包括很多写作分行文字的人）所轻慢的传统——传统，就是我们必须敬畏从祖辈，从父母身上承袭的善良与尊严。

在时间副词里走近名词的门扉，由此接近并抵达灵魂的通道，是胡琴的理想。在实现这个理想的途中，她可能要走一生。但是，阅读她的一些诗歌，你只要读完一行，就会感觉到温暖的力量——她冷静，她在领悟的时段上保持谦卑地倾听；她热切，她在发现的时段上保持珍重的心态；她细密，她在结构的时段上保持语境的纯粹；她敬畏，她在呈现的时段上保持心灵的从容。于是，在《三月春雪飞》这首诗歌里，她说："我能看到的故土／是那个名叫西海固的土地上／收割了一茬又一茬／精美忧伤的文字。"西海固，那片富有信仰的大地养育了万物生灵，也是作家张承志写作了《心灵史》的地方。胡琴的接近，源于神秘的基因。因此，在她的诗歌里，可以看到信仰与热爱最为温暖的折射。

在这篇序文里，我为什么一再强调尊严呢？首先，我在胡琴的诗歌中看到了尊严的辉光；其次，在我的永不垂落的诗歌旗帜下，我的形象更接近于一个坚守高地的战士！在诗歌创作中，一位保持了高贵尊严的诗人，尤其是女诗人，也就保持了她高贵的人格，她独立的精神体系不会被任何诱惑所左右。还有，放眼今日诗坛，尊严的凋谢随处可见，这不是诗歌的悲哀，这是人的悲哀。胡琴的诗歌，她在中国西部安静地笔耕，她最终所获得的，是冶炼心灵的诗歌，是通向更加高远的灵魂通道，是通过诗歌对生命、大地、天宇、人类、思想所真诚表达的尊重。就这样，在《涅槃的鸟》中，她说：

穿透宇宙的心脏。它伏地祈祷：
请将阳光以及阳光之后的黑暗给我
请将风暴以及风暴之后的宁静给我
请将生命的所有组合刻满我的骨骼
我要虔诚地接受一次洗礼
泪水流过，我的左眼是传统右眼是叛逆
我开始从寂寞深处起飞
用幸福和痛苦平衡自己的双肩

我常想，诗歌，除了对我们灵魂永生的冶炼与日渐完善我们的品格，还能给我们什么？后来，我也就懂了，诗歌还能够给我们无尽的安慰。就一个诗人而言，若持续一生写作诗歌，其过程是艰辛的，充满寂寞的，不为人知的，当然也是孤寂的。所以，也只有那一类人，只有那些将诗歌视为精神旗帜与纯粹净化的人，才能忍受长久的寂寞，才能坚持到某个终点，才能获得俯瞰的视野，才能承认我们的局限。于此相悖的人，他们是人，但不是诗人，哪怕他们写了很多很多的分行文字。

　　这两类人，代表了两种性质不同的体系。

　　毫无疑问，胡琴在前一个体系中，她是寂寞的、纯粹诗人群体中的一个。因此，胡琴能在寻常而机械的生活中找到精神的通道，也是必然。

　　胡琴能够写出优美的《纸上的家园》，也是必然。"纸上的家园／我要栽种没有污染的语言／用透明的水声清洗不经伤口的疼痛／铺张的灵性终要抵达音乐和天堂／请选择距离切割距离／不留暗影"。

　　可以断定，假若胡琴在第二个体系中，作为女性写作者，她就会流于常见的世俗，此类世俗乱象，在诗歌界比比皆是。幸亏这仅仅是一个假设，否则，我不会看到这部慧光飘逸的诗歌集《开花的手指》，更不会为那类人写序。

　　说明一点，除了诗歌，我对胡琴的背景一无所知。然而，这不重要；在圣灵起舞的诗歌家园，一个写作者是什么性别不重要，是什么形象更不重要——重要的是他写出了什么？对永恒的诗歌神灵，他是否深怀心灵的敬畏？在这个过程中，他是否选择了通向蔚蓝色纯粹境地的灵魂的通道。我之所以有幸读到胡琴的诗歌，是因西部一位诗人兄弟的推介。基于此，也就是基于对胡琴充满血色诗歌的喜爱，我才欣然同意为其作序。

　　试问，在气象万千的精神世界，还有什么比诗歌背景更值得我们关注吗？

2011 年 12 月 14 日夜于北京南城

目录

KAIHUADESHOUZHI

第一辑

四季感怀

每一个季节交替
都让我的内心云集着怀旧的浓彩
我知道,在我白发初生的头颅里
有一根血管
漂泊着叶落归根的情怀
让我忍不住双眼迷湿,虚张双臂
将那些完整的、零散的、陈旧的、崭新的记忆
拥抱在怀里
与我的心脏左右为邻

晚 秋

你是临界，是忧伤，是孕育了三季的辉煌
万物将色彩斑斓的热爱缀满你的衣裳
我是翕拢翅膀的鸟儿，愿附在你辽远的胸膛蒸发自己的想象

你是低下头的成熟，是弯下腰的收获
是沃土深埋的雨水铺开一生的火热
我站在你的土地上，让你的霞冠映亮我的思想

你宽容了风的谎言，放任了寒霜的侵犯
从绿到红，你的内心堆满了果实
那些过季的言词——无法掠夺你赤金的天堂

玫 瑰

你是英雄的美人，折腰的爱情
你盛开在桌上也有流水的声响

你是花房嫁出去的女儿
趋向四季生暖的方向

你是少年男女怀揣的梦想
就算满身尘埃也是独树的景致　爱的象征

我在时光的倒影里追忆
你花瓣上的凝露，怀伤的芬芳

如今，我是草垛的情人
肩扛岁月　身上燃烧着柴米的芳香

立冬前夕

我把那个刚刚醒过来的梦
交给秋天。还有我没有说完的情话
秋天已经苍老了，她用黄金铺地的豁达
用落果入筐的内焰燃烧着自己
我只想坐在她的怀里，感受这一季的冷暖

这空旷的大地，游走着季节交替的神秘
前夜的风吹掉树叶悲凉的歌唱
后夜的雨给花草许诺了一个水晶的来世
初露的晨光泻在玻璃上　唯有临窗的绿笋知道
那静静躺下去的夜让寒露凝霜

我拆除了自己的门槛，让冷出入
那最后的离去和最初的到来
将我打湿，然后焙干
我可以从容地点燃自己内心的炉火
一边取暖一边等待来年的春天

立 冬

我可以接受这一天胜似一天的寒意
可以停止歌声萦绕心中的秋色
把每一片叶子的相思埋入土地
然后在一个冰冷的梦里等待醒来

此后，开累的花有了颗粒饱满的休憩
植被有了一岁枯荣，树木新增了年轮
我在午后的光照里，捡回失落的种子
面向村庄，守候雪飞的方向

失眠

那些无眠的，令我亢奋的寂寞
从一根头发攀附到另一根头发
星月满天，我的脑细胞在眼睛里醒着

夜夜的目光高照，日日的心力交瘁
我将昼夜颠倒的疲惫
归咎于大脑残存的欲望耕种着理想
负重的灵魂祈福神降的光芒

如今，我卸下信仰的零件
枕着庸常的头颅入眠
闭合的目光不再闪烁神采

睡醒的我
宁愿被自己的梦想臃肿着
充当一个胖子

肝胆相照

胆病了，肝却疼着
一把手术刀也无法分离彼此缠绕的情怀

排废解毒的担当
让你的血管通向我的脉搏

此后，我们肝胆相照
彼此疼爱

风起时

风起时
我给自己一个拥抱
让提前进入暮年的心
停止衰老

风起时
我用睫毛疼爱眼睛
把风尘挡在心灵的窗外
给记忆还原洁静

风起时
我要挽起纷飞的发
不让岁月的斑驳
漂白我额上的年华

风起时
我让自己成为一个吝啬的人
将那些孤单的相思拢紧
限制它们向你肆意扩张

月 季

浓雾　　寒霜

罩不住的月月红

开过百花争艳

开过狂风凄雨

开过立冬的阳光

然后依靠在松树翡翠一样的肩膀上

它们娇艳的色泽，暗垂的芬芳

在供暖季节

依然不愿降低向上的姿态

这比树叶和青草还持久的生命

内心长满了多少信念的火种

伸向季节深处

让蔷薇家族的荣光

引领四季的芬芳

水 珠

我把两滴水挂在电视机后面
做我新迁房的背景
我每天进门都要回眸她清澈的蓝
然后换鞋，洗手，做饭

我用这两滴蓝
洗掉菜叶残存的农药
洗掉窗台前建筑的飞灰
洗掉黏附在我身上一天的疲惫

这两滴水与我家的绿色植物为邻
它们彼此照应生机盎然
入夜，我再将这两滴水合进我的眼睛
迎接次日的阳光和风沙
我的目光将不再生涩

命运

冰冰

在陶乐域内一处沙漠地带
一只不能生育的母羊
率先倒在了养殖户的屠刀下
断颈的血水让九月的骄阳在沙滩上有了倒影
成群的蚊子排成一条
为它超度的路

十米之外
圈内的羊群紧紧地依偎在一起
目光宁静，神情庄严
直到一张羊皮被晾晒在竹竿上
它们也没有放逐惊恐和泪水
它们无语的祷词让我心生敬畏

或许，它是一只受过歧视的羊
被无知的目光绊倒在舛运的巨石上
它的安宁　休憩在沙漠滚烫的午后
我看不清草尖上散着蒸气的水珠
光影浮动，我的肩骨里
流失掉细沙包裹的钙质

那些忽然拜访的黯淡

像影子，重叠于我的情绪

我绕开餐桌鼎沸的人语

悄悄推掉面前热气腾腾的鲜美羊肉

用一杯杯烈酒　在命运的祭坛上

将自己灌醉

丢 失

我把自己丢了
在通往春天的途中
迷尘漫舞　冰河涌动
一轮瘦月的清辉
让一个低头探路的人时常忘记举目

从厨台上的烟雾到窗棂上的微尘
从爱人逐渐饱和的胃到慢慢流失的温情
我怀抱影子一样瘦的阳光
在窗台，与一盆耐旱的盆景
相拥而睡

十年了，我不再梦见自己是谁
不再忆起昨日的黄花开过几回
不再有心中的云海和日出
不再有风尘中出没的飞蝶

十年了，谁还记得轮回的岁月
快快将我唤醒

状态 (之一)

错失机缘的日子
我把想流的泪疏导进心里
将表情虚掩几分
那些踩平的荆棘不再抽绿
春天来过。我忍着疼痛入睡
在每一张欢颜背后
一次次加深心灵的内伤
已经记不清
我把多少悲伤流在了深夜
把多少热爱的形容词
藏在了情诗里

我选择过的路
总有那么一程,无力企及
我把虚荣裹在伤口上
在这座快捷的城市
来回奔波
当物质目标一个个中靶而落
我没有找到预期的快乐
幸福像花儿一样　开在别处
我卸不掉身心的疲惫

因为　我想依靠的臂膀

比我的内心还要冰凉

状态 (之二)

有时，我在直升梯里上上下下
楼层很高　　梦想很低

有时，我和时光擦肩而过
目光悠远　　影子很近

有时，我依靠在爱人的左肩上
却发现自己的右肩常常失重

有时，我的目光流浪在人海中
却时常忘记自己身在何处

有时，我拥着女儿小小的身体
却在怀想母亲给予过我的温情

有时，我将自己零散的状态归整归整
发现它们就是我的一生

购房

在二十三层高楼的某个角落
我的生活　和涨涨停停的房价
曾经一起跌宕
每一个段落都留着一行空白
让我在自己的头脑里插秧
将喜爱的三居两室
用相对合理的价格填写姓名
一间，安置我为生活操劳的心
一间，抚慰我有些浮躁的灵魂
一间，存放我贴满标签的爱恋
我喜欢出出进进，存存取取
过精神富余的日子

时常黑着灯坐在阳台上
把欠的款和要还的日期夹在指缝间
一遍遍清理，一遍遍预算
这一年，我知道自己新添了白发
一截爬满了焦虑
一截承担着孤独
一截欢愉着投机房价低位的快乐
春天来了，我甩着黑白参映的寂寞
清洗着满身浮尘

乡 愁

早春的风，穿过高耸的楼群
一声声鸟鸣将我的乡愁啼醒
驻足在省城拥挤的街面上
我开始惦念老家屋檐下
那些长长短短的记忆
像奶奶弯下去的身板
匍匐在我心坎最疼的地方
我能触摸到年轮里的结疤
感受生命中的思乡之痒

每一个季节交替
都让我的内心云集着怀旧的浓彩
我知道，在我白发初生的头颅里
有一根血管
漂泊着叶落归根的情怀
让我忍不住双眼迷湿，虚张双臂
将那些完整的、零散的、陈旧的、崭新的记忆
拥抱在怀里
与我的心脏左右为邻

春天

头顶四月的阳光

我看到慢慢舒展的柳叶和悄悄盛开的桃花

春天来了，像我暗恋多年的男子

带着似是而非的微笑

与我擦肩而过

我将目光垂落在初绿的草木上

给自己的尊严寻找一个笔直的出口

我不能让寂寞凝固　泪水隐匿

我选择在风动时转身

将那些被忽视的伤痛

掩入垂肩的黑发

我愿意背负这些爱的残痕

去撷取戈壁滩以外的阳光

温暖我的春天

我是一棵静不下来的树

我是一棵静不下来的树

在城市道路的两侧

与我热恋的那一株绿

遥相对望

我们呼吸着汽车尾气　头顶一年四季

你不必问——

春风沙粒多，晚秋雨水寒。

我们的根盘绕在水泥路下

供养自己枝繁叶茂

还要警惕身边的利斧

随时等待我们超越的状态

我怀抱夏日的阳光

蜷缩在自己的枝叶里喘息

头上的知了嘲讽我——

垂吊在自己的欲望里疲惫不堪。

其实，有些爱

经历了才知道是伤痕遍身

有些人　错过了

才明白什么是刻骨铭心

不必远足

清晨七点，还有一丝寒意
我牵着女儿的小手出门
在送她上学的路上
我看到昨夜的风吹醒枝头的新绿
阳光深吻过桃花的笑容
马路边上的迎春花暗吐芳香
我不想探究这些光芒和谁的爱情有关
它们多像我年轻时做过的梦
绚丽芬芳

清明短假，我拒绝了朋友
驾车远行的邀请
他们都说，风景还是远处的好
我忽然有些伤感——
草木苏醒，花叶初绽的门前
是无人留守的寂寞
这多像我们生命中的一些遗憾
追随最远的梦
伤了最亲的人

三月春雪飞

惊蛰之后　一场雪的翩跹
颠覆了早春浅绿的衣襟
风啊，总是不明真相
用呼啸的歌唱　逼迫回暖的气温
向零度以下挺进

那些灭了炉火的人
怀抱苏醒的种苗　取暖
不知来年的收成
是不是播种之前的干旱
遭遇下种之后的严寒

我的那些远亲们，都陆续进了城
与收入微薄的田间颗粒
断了血缘

我能看到的故土
是那个名叫西海固的土地上
收割了一茬又一茬
精美忧伤的文字

边缘人

定居省城　我随意行走的空间
被一些锈钝的器具划伤
我看到那些来自体内的血
被故乡的水　养着
我不敢轻易地说
——血浓于水

我选择没有人的时候
用方言自言自语
阳光潜进来　我会从梦里哭醒
想着八年前我爱过的那个人
然后在自己的履历上
写清故乡的姓名

可是　我现在的户口
却脱离了它的属性

涅槃的鸟

一只鸟用凌空的速度窃听了灵魂嘶叫的声音

像一段绝美的音乐沉寂于一场久旱的雨中

那些孤独的歌声以及忧伤的语言

乘风而起随雨而落

我知道，它可以含着泪

在火苗上舞蹈在刀尖上微笑

因为它是一只涅槃的鸟

穿透宇宙的心脏。它伏地祈祷：

请将阳光以及阳光之后的黑暗给我

请将风暴以及风暴之后的宁静给我

请将生命的所有组合刻满我的骨骼

我要虔诚地接受一次洗礼

泪水流过　我的左眼是传统右眼是叛逆

我开始从寂寞深处起飞

用幸福和痛苦平衡自己的双肩

当寒冰炙烤过血液的颜色

已经没有人给我最初的安慰

我必将被抛弃在理想的绝望中

承受一种巨大的虚无在体内扩张

那些迂回的弧度里注满了

我用终极的热情曾经低唤过你的乳名

快看，我身上的光芒幻化成阳光下的水珠

你就是九颗太阳

将我灼伤。留下满身的黑子

心 雨

——给我足下的土地

从一个人的背影里收伞

我以为我很潮湿

便将保墒的措施

——搁浅

日子沿着岁月的门槛逐次嫁出

我隐隐听到来自内心的紧锣密鼓

长风卷过

盐碱地上的春天

旱情渐重

除了护卫疼痛的生长

除了美丽的心事不必张扬

我端起昨天的杯子

采集每一滴晨露

且将最后的心事

溶进渐凉的咖啡

品着血色的浓度

我会变成一场透雨

把自己淋湿

包括记忆　一洗如新

我终于知道

什么是一触即伤的尊严

什么是不易言说的苦难

早市遇贼

他像阳光下的一缕暗影

在早市拥挤的人群里

慢慢移动

然后用一双行窃的手

将我设定成他的目标

他是一个年轻的贼。借故

将自己病态的裤管　塞入我的自行车后轮

左摇右晃。自行车后座上

有我一岁零四个月的女儿

我转身护卫孩子。安抚她

眼中涨满的惊恐和好奇

女儿没有形成自己的语言

她不会告诉我

一个贼的阴谋　如何向我逼近

再也找不到　贼得手后的背影

我对目击者笑笑：

他仅是一只过路的蚊子

顺势扎了我的一点血而已

天堂鸟

有一个布道的人
他不是使者

他指着偏离天堂的路说
——那里有一场音乐
流动着金子的声音

我看到蜂拥的人群
是寂寞的人群

天使低头进去又昂首出来
她不愿媚俗的羽毛
正一星一点的起火

天使含泪起飞的姿态
是天堂鸟的姿态

茶楼事件

送茶女孩轻盈的体态
在鹅黄色的灯光下
像一段流动的音韵
我抬眼望去
她的后背上　落满了
坐在我对面与我谈论诗歌时
心不在焉的中年男人灯影一样的目光
我害怕。在权力的技巧中
这双小眼将会不断抒情　不断扩张
不断从对面折射过来

我告诫自己
必须在这个冬日的午后
饮尽杯中诗歌的余热
饮尽茶水里最后的清香
然后将茶杯倒放在桌上。拒绝投影

我不想让生活留下底色

时 光

从凌晨的梦中醒来
我看到生命中那些绝望的底色
像涌动的乌云
将我紧紧围住

我不知该如何呼喊
那些走动的生灵
流光以及逝水
来营救我垂死的青春

表 达

窥到了上帝的企图

像一群黑色的鸽子

啄响了天堂的钟声

天使的眼里罩满了清晨的水雾

她的忧伤是爱情深处的忧伤

她的绝望是生命本身的绝望

纸上的家园

雨水落在瓦上

敲打着正午的阳光

快听！我歌唱的灵魂

在生长音乐的庭院

水淋淋地拷问——孤独

沿路而过的风

以恋人沉闷的心痛

唤走我深居的青春

失眠，使我恢复原始的姿态

舞动没有任何饰物的手

让自己燃烧成夜的内焰

我开始看清：凌晨两点

有一驾飞奔的马车

满载我浑身的血液

趋向黎明的血库

纸上的家园。我要栽种没有污染的语言

用透明的水声清洗不经伤口的疼痛

铺张的灵性终要抵达音乐和天堂

请选择距离切割距离　不留暗影

过 程

把伤口绣成一朵
早晨的玫瑰。潮湿的芬芳
侵袭相关的鸟鸣
和一些来自灵魂的余音
而我，穿过刺的芒尖
被藏成一种迷失的深度

我知道
深刻的过程里
所有的举措与安慰
都是创可贴
却不是止痛药

第二辑

低低的歌谣

将自己流放于淡水一样的时光中
我惊异　与你相视的整个过程
我还能听清
心跳穿过睫毛的声音
像一阵颤栗的风声
正经过森林

给 你

在你看不见的地方

我把自己打开

清洗身体里细碎的淤痕

游走在枝叶上的风

让我的骨缝里有了季节的痛

南飞的雁阵，经过我目光的上方

展开翅下暗红的胎记

这一天，我坐在秋天的草叶上

浮云盖住了我的忧伤

昨天的风和景已被收拢

你在远行的途中　山叠峰转

我把心事写在一片落地的红叶上

交给起伏的往事　此刻

我的发际再也藏不住秘密

语言里布满了波浪状的断层

在那些翻来覆去的短信里

我的笔涂涂改改

不知该如何与你交谈

应 酬

你的胃恋上了别人的餐桌
那些空守的寂寞
一次次加深我内心的萧条
你和我　之间布满了
白色的，红色的，高度的，低度的障碍
你被酒精浸染过的态度
不复温柔

把你设想成过往的爱人
在那些可以料想的细节里
我掩面而泣
爱情里密布着舍弃的谎言
哭过的心被早春的风沐暖，醅干了我
猜疑的，细腻的，湿润的，风情的伤感
为你奔波的心灵　加宽归程

伤痛

我失去了自己的骨血

他将在八个月之后

成为我的孩子

是我女儿的手足亲人

他们的童年将不再孤单

可是，我没有得到爱的支撑

政策的允许

依靠在医院冰冷的墙面上

我感受不到盛夏阳光的温暖

他只不过是一个胚胎

蜷缩在我的体内　没有自己的名字

我在自己的过错里

心疼他无辜的模样

淡漠的医生　冰冷的器具

将他小小的身体从我的心口摘取

留下永不愈合的伤

七月七日——我生命里的黑色

使我饮泪而悲

一个独生子女母亲的宿命

暗恋

你的身上，有我目光镀上去的神采
一圈一圈折射的光芒
让靠近的距离迷失了方向

我在自制的障碍里
拾阶而上。心怀仰慕和爱戴
以及阳光普照你修长的影子

抵达的风尘　日落的余晖
让我的心境染上了秋天的色彩
这个季节，我不需要收获

坐在与你最近的田埂上
风拂长发，我不是风景

写给我的锡婚年

晚上九点，在夜班后回家的途中
寒风吹落黄叶　寂静的街面上
是女儿略带困意的神情
依靠着我的肩头　想你
远赴千里
留守我记忆之外的
花团锦簇

今天，是我们的锡婚年
记不清十年前的今夜
有没有一场突变的劲风
为我们共赴的岁月铺垫冷暖
只记得，你送来的婚纱
缀满了珍爱我一生的誓言
我被盲目的幸福灌醉
手指上沾满了五谷香

柴米之上，炊烟之下
没有鲜花　没有依靠　没有分担
十年的记忆，在风过处烟消云散
我在灯影里回首

看到自己心里竖着小小的化石

手一摸　便是硬伤满身

守望的温度

要田

上午九点的阳光

穿过第四扇窗　舒展在我的桌面上

窥视我装模作样地翻着书本　想你

以及十年之前的时光

那时，原州的风景

被诗人的文字焊接得冰冷苍凉

每一寸龟裂的农田里

长满了西海固哲人悲悯的歌唱

而我，却像无忧的商女

怀揣爱情　步履轻盈

用内心所有的细软

体贴你情感上的伤寒

如今，我们移居在另一座城市的两个方向

我在咫尺，你在天涯

隆冬的阳光高过我的瞻望

那些映射到你身上的光芒

一定聚积了　我思念你时

触及过午后两点

太阳的温暖

旧 爱

我的心脏左侧　有一块相思印

被你的名字敲打了十二年

成了不能触摸的硬伤

让我的子夜，有了隐隐地痛

没有人知道　你的转身

让我成了永远的旧事

而我依然厮守着与你相关的那段青春

我时常双手抱胸

怀想着你当年的模样

这样的爱情　将我定格在岁月的最前端

使我的容颜少了风霜的浸染

青春失去了年龄的刀寒

贤妻良母

把自己打理成包裹
盖上"贤妻良母"的印章
那些曾经放飞的理想和自由
像急于归巢的鸟
不断放低飞翔的姿态

贤妻总是忘记自己
却把丈夫武装得无比精彩
再把他推上需要的舞台
良母的本能就是锻造孩子
给予儿女　所有人都无法企及的关爱
还要在婆媳关系　姑嫂关系中
缩小自己

我把自己安置在这场婚姻的跑道上
像一只失去方向的倦鸟
把命运背在身上
在城市的高楼中
低低地飞翔

亲爱的，请你告诉我

我的身上　还有多少

你初爱的味道

家常女人

厨房里灯火映照的身影
餐桌上碟子扣着碟子，碗扣着碗
为你收拢家常美味的热气

在冬日每个夜晚降临之前
等你回家的女人
乌发高挽，怀抱温暖

深藏的心事

这个本命年
我终于从镜中端详到
一张精致的颜面
布满了细密的沧桑
它逼迫我　一点一点
将你从我的心脏里偏移

那些被别人看作旧爱的心事
与我的生命相依了十二年
让我的梦　夜夜有了思念的痕迹
这种虚无的幸福
支撑我与岁月对峙
并将自己永远定格在二十四岁的青春里

我低下头颅
忽视了所有和你无关的岁月——
在生活里行走，在追忆里思考。

曾经被我虚度过的四千多个日子
在2010年早春的一个清晨
被一面失色的镜子打翻

让我看清　命运嘲讽的微笑

悄然划伤的额头

而我拥有的　仅仅是一段

你曾经给过我的铭心记忆

老夫老妻

母亲的寂寞　像一张早年的渔网
经过岁月的打磨
越显苍凉
她一边清点多年的坚忍
一边埋怨父亲的薄情

父亲已经习惯了
大半生的碗筷是母亲端在面前
习惯了他和母亲
独自支撑各自的门面
父亲踩着外面的风尘
忽略了母亲的刚毅里
——布满了脆弱的血管

如今，母亲的健康正在走下坡路
她时常蜷缩在自己的病体里啜泣
儿女的孝心　被母亲生硬地拒绝
她宽慰自己年轻时受过的委屈
她把幸福寄托给老来伴

可是，父亲老了

骨子里流失掉了儿女情长

他把母亲的嘱咐，时常忘在脑后

母亲没有看到自己喜欢的夕阳红

她的每一根血管

膨胀着对父亲的幽怨和期待

他们是一对老夫老妻

他们争吵一生却不愿离弃

遭遇网络闲人

我第一次遇到这样的男人
他从网络渡舟而过
直呼载我一程
他宣称：将他湿润的呼吸
铺满我的身体

我说，我是一个已婚女人
我有自己的爱情
他却还要信口　一生一世

我想，他只不过是个寂寞的闲人
不足与我为友
这么想的时候
我用鼠标将他拖入了黑名单

唱情歌的孩子

七岁的女儿
忽然唱起了她还不能懂的情歌
"在城市中牵手　我的爱为你颤抖
离开多少风雨后　我爱上唱情歌"
三岁的侄子
也跟在女儿的身后
五音不全，跃跃欲试

我多么希望　女儿的成长
能经得住那些暗藏于岁月中的诱惑
在她能掌握命运的时候
唱着她的情歌迎接她的未来

鱼

一条爱过的鱼

潜在水的深处　没有泪水

水草浮动处有一缕残留的光

以最低缓的温度

抵达。那些被旧情人抚慰过的鳞甲

依次蜕落

我看到自己光洁的体肤

闪烁着暗红的内伤

违背了鱼的常规

我不祈求救赎

我宁愿背井离乡

和我的经历相依为命

在异域水草茂密的地方

那些来来往往的人

将我错认成一条瘦弱的美人鱼

鱼姑娘

淋浴喷头下　我抚摸自己憔悴过的身体
很像是退掉鳞甲的鱼的体肤
你是爱的无知者　你看不到
我是你的鱼姑娘

如果谁都可以伤害我　谁也
不能使我摆脱鱼的命运
我愿意我爱过的那双手　抚慰我
身体的每一寸肌肤
我能感受到阳光的冰冷
以及疼痛的温情

你毕竟疼过我
生命的姿态。我满足于这样的现状
闭上眼听自己的心跳
穿越你的手　抵达
你内心最洁净的潮湿部位

我对自己说
来世我一定做个淑女
保持鱼的体态

低低的歌谣

你说，你要将语言藏到最后
让那些甜蜜的谎言
失落在日子之外
你说，那些无从表述的浪漫
会从我的心中逐次凋谢

沿着冰冷的词语出逃
我以为　我的爱情和诗歌
再也不会经过一条深秋的水路

将自己流放于淡水一样的时光中
我惊异　与你相视的整个过程
我还能听清
心跳穿过睫毛的声音
像一阵颤栗的风声
正经过森林

新屋女人

没有蜜月的新婚
冰冷的墙面上
附着暮秋的寒气

我穿着大红的衣衫
来回行走在喜庆的表层里
韵律均匀的步履
没有我想像的回声

子夜。风掀动窗帘
我看见划过墙面的指印
一点一点渗出孤独的血痕
谁会突然伤感
你娶了诗一样的女子
却不能像诗一样的阅读

后现代情感

丢失了爱情的时代

情人满街

汉堡、咖啡和吸管

让都市的血液

在瓦伦丁的鲜花中张扬

这一天，阳光明媚

速成事物的本质　逼视

包装过的灵魂动荡不安

我不能停止开垦

没有污染的空间

栽种一束刺醒记忆的玫瑰

使我深感疼痛并且热泪盈眶

因为我怀念

一双落于雪地的脚印

让梦千百次失陷

一九九七年

像身着黑衣的天使

将我堵截在初春的夜晚

把举案齐眉的经典

酿成一壶灼醇的新醅

谁会在品尝的细节中

一醉方休

咖啡加伴侣

用体温　暖我

冰凉的手

我不在乎你用第二把钥匙

把我打开

像一朵鲜花的秘密

我必须接受缘定的命运

将我们的约会

安置在两杯咖啡的后排

品味着的生活才会一生浓郁

我却看到了一座西北之南的小城

居住在幽深的楼门里

探出青苔一样的目光

无情地切割过爱情的高度

我知道，生命的旅途必会布满鲜花和荆棘

必会经历一次久远的分离

请允许我在歌唱的每一个夜晚

以伴侣的情愫紧偎炉火

把泪水与血液熬在其中

我要让你明白

思念其实是一种焦苦的等待

短 章

最深的疼痛

沿着最浅的伤口感染

唯一的药引

是盛开的黄连

没有人知道　我很苦

音质甜润却无法歌唱

守住了莲的诺言

失去泪水的眼睛

该是一口不断下陷的井

将处世的哲学藏得很深

穿过冬天的小城

没有雪的季节被心湿润着

躲在死亡之前的某个细节里

我哭过的日子很单纯

走过的路很忧伤

踩着莲韵的步子　在你的梦里

我频频回首

阳光很远　影子很凉

擦肩的爱情在远方

追 梦

把梦建在梦的废墟上
我忘记了自己
怎样赤脚来到你的面前
用昙花一样的羞涩
淋湿你的目光

相握的手　必会
捏瘦酒杯里暗红的青春
醉了的舞步是一段飘落在水上的丝绸
张开热烈的弓　用一个吻
将我暗怀期待的灵魂
击伤。我要打开所有秘密的通道
用疼痛的爱情迎接你
和没有前景的前程

玫瑰的家园　为谁
布满一路荆棘
我们只能以夜晚的凌空姿态
冒险。燃烧着的爱情
在零度气温的小屋里
有没有灰烬

十四行

春醒着。不倦的风猎起
谁？满眼的焦虑

请听干旱的重音节啊
种子死亡
土地丧失了收获的希望

只能种活你的名字　料想
秋天齐刷刷倒下，不是收割

梦见了自己的泪水
是清明月光下
无所依靠的抒情

愿将青春挡在门外
坚守你立于心中的位置

我爱你
却需匿藏拔节的声音

誓 言

醒 天

寒春里的最后一场雪

在清明之前

绕过黄昏的脊梁

盈盈地冻结在受伤的心头

你偎过头来

让我的伤口

炸裂在你殷红的唇上

于是　我的血和泪

汩汩地穿越你的脉搏

你一扬手

让传说了五千年的誓言

在我铺张的旗帜上

又一次鲜艳地飞扬

无 题

寄存给远方的等候
在邮包赶路的途中
丢失
传来的消息
是一张空着的启示

我必须敷上墨水
给病倒在日记中的真诚
征一贴疗伤的处方

从一个人开始

冬天的概念
从一个人开始

简单的爱情
是一场永远飘不落的雪
潮湿着心中的感觉

将你远行的背影
修成一道门
封存在心中
我的微笑是纯洁的
泪水是真实的

冬天的眼睛

从背后袭来的呼吸
以雾的形式
覆盖我的心跳
曾经低唤过的名字
在情感深处无法突围
就将落了一身的寒冷
铺展在初冬的黄昏里

以优雅的姿势
将自己装订成孤独的封面
我含泪拒绝的
必是曾经的渴望
冰封的爱情
在一个人的眼睛里
无言解冻

雪 祭

冬天的城市

失去了雪的衣裳

憔悴在一茬接一茬的感冒里

落上灰尘的梦

开始飘浮不定

是谁走在冬天的阳光里

祈盼雪的降临

一场无法抵达城市的雪

提前在一个人的心上

纷纷扬扬

潮湿的我坚忍着一身的寒冷

独自行走在黎明的路上

睁着黑夜般的眼睛

打捞清水里的爱情

我和我的西海固一样

透过干旱的表层

倔强地舒展着内心的水源

在一场大雪来临之前

沿着河道奔跑的风
必能为我疗伤

读 信

郑关

短信　是一尾缺水的鱼

用摆尾的姿势铺展

所有的字句

我的视线在短信的侧影里

一度受潮

这样咸涩的感动

也会如鱼得水

记忆便从八月的某个上午

以流水的形式延伸

我知道　短信里藏着一双

用爱情伤害我的眼睛

关 联

叶落之前的黄昏
将临终的辉煌肆意铺张
我们必须经历一些什么
就如秋日已去必是冬天

这个季节生命冷静
我们触手可及的真实
是秋风秋雨逐渐瘦削的脊梁
我感知着一种东西从指尖渗入
那是没来得及走出冬季
又进入冬季的荒凉

也许，生命有了高度才能撷取阳光
我将心中仅有的那点温暖点燃
让自己上升为一种临空的速度
化作灰烬之前
我想　那个倍感寒冷的人
正在经历一场心灵的火灾
与我紧密相关

无言的结局

倘若相逢的意义
在于怀念谎言的花期
离开的理由
却是因为爱着
邮局门外，你还会等谁

封口的信笺了无内容
这个昏黄的午后　谁舒展
最后一次洁白的飞翔姿态
谁含泪饮着天涯之水
无言的忧伤漫过翻浆的路面
此刻，我必会失足
请听潮水涌动的声音：
真正的爱情与伤痕有关

一个人的战争

一个秋末昏黄的午后

我被一些飞舞的臂膀吸引着

去欣赏生活的一些内部结构

却没有料到　爱情是一种武器

闪烁着含毒的光

从对面将我猎中

我遍体鳞伤的快乐

沿着血管的各个通道逃走

我看到了那个人

骄傲地握着一把简单的武器

划伤了我　漫长的一生

还会有谁来安慰我

不会终生残疾

第三辑

岁月留痕

我必须持久地沉默着
给自己一个向上的攀援
然后预谋一次辉煌的战争
手持黄泥短剑
立在心中的烽火台旁
以英雄最原始的愿望
击败世俗的抵挡

信 仰

把玫瑰插在心中　让短刺成根
假设我是黑黑的土壤
疼痛的所有形式
不过是无比单纯的开放
此刻，杏花火焰般密集
我终于找到
地火蔓延的真实理由

信仰啊，请在头顶之上
拒绝金银饰物相撞而出的骄傲
我知道会有多少世俗的善良同情我
朴素的遭遇。这不是一无所有
像我的目光
清澈如水却不失内容

我相信　深刻是带伤的烙印
就如破碎的心事
总会流一些血
染满指尖
在十指连心的道路上
我要坚持传播
灵魂内部的音响

九月

九月成熟在一棵树上

所有的目光以收获的欲望

动摇着果香的信念

每一个临近或者走远的日子

用时速锯伤树的体力

叶落了一地

我无法制止命运挥霍青春

就担心等待爱情的年龄

在某个季节里

盛开出霜冻的痕迹

我必须持久地沉默着

给自己一个向上的攀援

然后预谋一次辉煌的战争

手持黄泥短剑

立在心中的烽火台旁

以英雄最原始的愿望

击败世俗的抵挡

占领了灵魂的高地

我能从容地走进冬天

心中闪烁着太阳的光芒

白鸟的理想

有一种设想　诱惑我
飞翔在城市的上空
用羽毛一千次地拍打
震翅的疼痛

沿途的爱情
流尽最后一滴血和泪
我受伤的灵魂
尾随清脆的哨音归巢

归巢的宁静
使我在结痂的阵痛中
逐渐成熟

成为一只出众的鸟儿
不能没有飞翔的哲学
即使血迹斑斑
我也要打入鸟的头阵
用有力的翅膀
向蓝天写出至高的理想

稻草人

成熟非要等待收割吗
发表在堰上的风景
静静合上自己时
季节的辉煌楚楚落入镰下
作为收获的标志被人收藏

把坚强树在心中防备对手
对手撤离却成了一种精神偷袭

稻草人，坚守住最后的胜利
孤独如中秋播进的火种
向旷野无限延伸
这个时候空守秋凉
心比秋天还凉
就想用植物青薄荷的热情
挽留鸟儿远走高飞

男女平等

历史的门槛
被《圣经》里的厚土筑高
一前一后走出两个人
他们说，后面那一位是前者的肋骨
悠远的历史
变成一道窄窄的观念之门
容不得男女平行

走在前面是卑鄙的男人
落在后面是庸俗的女人

做人　我们应该用灵魂的高度
拒绝附庸的补语及解释

我以流水的透明击碎瓶的装饰
穿行在眼睛与眼睛之间
寻找一处洁雅的位置
坐在你的对面
谁才华横溢　柔美如水

玫瑰舞

我以泪的容颜

与你共舞

风起云落及任何

形式上的安慰

都不能阻止一场雪的缤纷

我舞动的姿态

是一条温柔的水路

逼近你无边的寒冷

冬天陷落于曲终的时刻

手的余温成了最后的握别

孤单的我忽然明白

温柔的杀伤力总是猝不及防

却无力拒绝

落在心中的种子

不分季节地发芽

我的伤口左方盛开着你的名字和一朵

覆着薄雪的玫瑰

开花的手指

寂寞的灯光

从静脉血管流出

暖在掌心

成了针的眼睛

美丽的左撇女子

将灯火阑珊缝至夜的尾声

那一夜　她梦见

各种花开出了音乐般的声响

纤纤玉指就在响声里

微微地胀　微微地痛

一个阳光明媚的早晨

她看到了露珠闪烁成泪

看到了一掌开满鲜花的指头

恰是她深深爱着的那个男子

牵过她的那只左手

遭遇爱情舞会

一尾黑色的鱼

穿越在你的舞步里

霓虹的色泽碎成满地银光

我看到一个人

睫毛深处的闪电

和被闪电击伤的细雨

知道你就在身后

拥抱着一肩漆黑的寂寞

我在错了方寸的阵地上

寻找　被夜枕湿的眼睛

还会清澈如水么

昙 花

有爱情的思念　就该藏在

夜深人静的时候

让自己的美丽

绽放出浓郁的芬芳

偷袭你的睡眠

诱 惑

谁在陷阱的边缘

设好埋伏

等你

冲锋陷阵

断翅的蝴蝶

蝶恋茶花枝

那时，你品着香茗
留在龙井上的唇印
春寒时节没有愈合
在呼吸的热浪中滚动
血的样本
被传说得沸沸扬扬

你以怎样痛灼的目光
欣赏我——
翩然舞蹈

美丽的英台蝶裳
千百年后
仍被相思的血雨淋透

我扑落在你的伤口
就是千古绝唱

中国当代西部文学文库

燃烧的夏季

夏季来临

封存的记忆

如一团燃烧的火

从季节深处蔓延过来

大街小巷被热情的马路歌手

唱得又窄又长

红裙子娇揉造作地摆弄在摇滚乐中

我想　那只走失的火狐

它安全吗

将自己关在深深的小屋

忽然惦记起

给冰清玉洁的恋情

织的那件贴心背心

能不能暖到来年

花满枝头

远嫁

收了这茬秋谷

也就收割了

表妹留在娘家的青春岁月

百亩山田旱年盼雨的焦苦

半顷秋收阴雨连绵的晦螟

一眼窑洞贞守着冬暖夏凉

将村民们的脸面

改制成一张"东八乡"缩版地图

版图上的妙龄女子

成了这块瘠土上　唯一

长势优良的庄稼

勤劳质朴的邻山后生

表妹青梅竹马的前生约定

在老舅拒收的单薄聘礼中

泪水淋湿了门内门外的相望

舅，一定要让闺女

过过山外好日子的红红火火

红红火火的唢呐一路颠簸而来

表妹跃动红袄的背影

中国当代西部文学文库

将故乡的黄昏

撕扯成一抹浓浓的相思

西海固九八缩影

父亲的烟锅

蒸干最后一滴

含盐量很重的汗水

再次将身影写进阳光的背面

却无处整理早年歉收的额头

被握锄捉镰的手

揉搓得皱皱熠熠

每一道皱纹都在祈一场

西北好雨

当《相约九八》的歌声

能走乡串户时

远方的云也从江南出走

祈来的醉雨

将故乡旱伤的心事

以及闰五月重叠的诗句

用锄翻掀得饱满潮润

潮润的土地漫开了

寂寞在祖父烟袋二十年的花儿

中国当代西部文学文库

我年轻的兄弟逃旱的兄弟

在省城建筑工地搬砖

搬出家乡风调雨顺的消息

沿着花儿的方向归来

握一把好锄捉一把好镰

流动在绿波中央

成了提前熟在父亲田间

金黄的麦浪

清明雨

春雨迈出第一个舞蹈姿势
探醒了清明的眼睛
城里人乡下人
用简朴的方式蹲在地头
观望爱情喜人的长势

哪位女子袅娜地走过
丢失了一把潮湿的锁

将我临窗的影子
锁成一贴工艺窗花
听雨声淅淅沥沥拧锁的声音
我忽然刻骨铭心地想念你
顶着一把黑色的伞
稳健地朝窗户走近

播种爱情

布谷的歌声
将春寒的雪景啼融
农人的眼睛
写满春耕的忙碌

心植在心里
才能够心心相印

播种爱情的人
被谁曾经的忧伤淋湿
在风夜单衣试酒

只为你穿越长发的手
将我的心暖成一种疼痛
便在浓秀的眉间
点两盏相思的灯火
为你驱寒照路

春去春来

把风攥在手里
穿过神经的末梢
细细密密流曳着　寒冷
瘦弱成一缕红丝线
春天就变得丰盈起来

季节的衣橱呵
将年轻的女人
更换了一期又一期

名目繁多的化妆系列
没能遮住的纹路
行走着时光的叹息

没有美丽为谁永驻
过光阴就得掐掐算算
怎样才不　将一生
消磨得不留痕迹

苦日子

旧时光结着苦日子

苦日子里的清油灯

守着粗茶淡饭和

花色不一的补丁衣裳

以及爷爷怀旧时讲述的

民国某年某月

白头没齿的爷爷

是弯在黑土地上的一张弓

不随儿女居楼享福

居城的儿女

工作　下岗　竞争

疲惫了都市生活的浮华

就谈老父亲谈童年的清油灯

谈出很感动的情绪

其实　苦日子

是端上宴桌的苦苦菜

居然苦得有滋有味

岁月

风在春天里行走

额头上的岁月

被风吹皱

谁的镰刀

悄悄收割我的青春

一茬紧接一茬

是地头牧羊阿哥

扬鞭抽痛的

春夏秋冬

本命年的日子

被鲜红的腰带系瘦

便不再有年少时的自信

端坐梳妆台前

哼小曲唱大调

用唇笔轻描淡写地

给镜子里的清纯

勾勒来龙去脉

位 置

季节转换时
一只候鸟飞过
恋人的肩周
染上了风湿的疼痛

我的目光被肩灼伤

初冬一场雪
囚禁着苍白的语言
没有人寻找
恋人失去了疼痛
我失去了光明

织 女

针的忧伤　总是
乘我不备
挤进指甲缝
搅热循环的血液

含血的针头
无情地窃取我
对你火辣而灼痛的
思念

茶 歌

爱情如茶

浓了　苦

淡了　没味

穿过杯子与杯子之间

握没握紧我的手

来电显示

选择一个你不在家的时间
将我的消息
输入在你的知觉里
或许，我所有的企图
仅仅是为了让你知道
在一个盛大的节日里
我曾经　深深地
怀想过你

食指伤

深夜里　我含泪咬伤了
右手食指的第一个指节

那个指节
曾经在初冬里
轻率地写下了：爱

此后，我的生活
深受其困

那年冬天

那年冬天

无雪　冷

你就打一壶酒

御寒

也是那年冬天

我的情感

被那一壶酒

醉醒了春寒

绣花鞋垫

轻唤着你的名字
将羞涩的喜悦
一针一针刺在爱的版图上

你无须睁眼读我——
如何温柔地
相依着你的背影
轻吟我的恋歌

七彩线上的乐谱
灿烂在哥哥的鞋床
醉了妹妹的笑

失恋酒吧

第一次来
便将第一次的感觉
打翻在烈酒里
苦不堪言

第四辑

青春记忆

人在成熟之前渴望的独立，首先是拥有一间属于自己的房屋放牧心灵上的自由。漂泊的人在寻找房子，恋家的人在建造房子。房屋对于男人可以代表稳定和业绩，对于女人则是安全和依靠。

女人如鱼

第一次将毛线绕上竹针时，我想，女人的前生一定是鱼。

鱼是自由的，因为恋海，海阔任鱼游。长大的鱼总有面对出海的日子，岸上的人提着一张硕大的网满怀喜悦地捕着。网是鱼最终的归宿，提网的人自命为渔夫。对于网的束缚及对大海博大胸怀的向往，鱼幻想着逃离出网的感觉……

出网的鱼就是今生的好女子，仔细地将阳光织进精美的毛衣裤。毛衣裤是前生移交过来的网，细细密密温柔的网能挡住外来的风霜，让前生的渔夫不受风寒。鱼逃网之时一定太匆忙，将一颗心留在了网内，来生所织之网被自己的心暖着，很多时候可以网住一个人，却不易网住一个人的心。立志织物，大都缘于"爱"字，想用一针一线拴住某种内在的牵挂。因此，多数女人便成了爱的殉葬品。

某日，经过一湖，看到许多垂钓的人，没有一位女性。人怎么可以垂钓自己的前生呢？这使我更确信了女人的前生是鱼。其实，成熟的男人是真正的垂钓者，如姜太公。鱼甘愿上钩！

女人的一生和线团有着千丝万缕的交道，年轻时将美丽织成情爱，成熟后将博大织成慈爱。"慈母手中线，游子身上衣"，便是儿行千里母担忧的真实写照。由于女人水性太重，很容易沉浮于诱饵的陷区，被别人冠以肤浅的高帽，所以，成大业做英雄的是男人。女人织出来的城堡只能被别人喻为港湾，宁静的港湾、博大的港湾都是男人引以自豪的成功。

暮年的女人坐在屋檐下感受阳光，就不再是跃跃欲试的鱼，既不挣脱网，也不结织网，静静地等待自己化成一泓清澈的水，回归于海。海的色彩是母亲的色彩：宽容、博大……

雪地里的红房子

　　人在成熟之前渴望的独立，首先是拥有一间属于自己的房屋放牧心灵上的自由。漂泊的人在寻找房子，恋家的人在建造房子。房屋对于男人可以代表稳定和业绩，对于女人则是安全和依靠。不然人们为什么一定要将"家"安置在房屋里呢？有房屋的家才能够遮风挡雨，才能温馨安全。

　　很小的时候留守父母的屋子，稍大一点有小妹与我同住一间屋，再后来外出读书又与同学同宿。长期生活在一种拥挤热闹的空间里，与每一双好奇窥视的眼睛碰撞，心中总藏着那么点隐隐的担心，担心有一天防不住会让心灵碰壁。同宿的梅特别信任我，每次遇到高兴或不高兴的事情都会向我倾诉，商讨解决方案。可是有一次看到她心事很重的样子，见了我只是微笑而过。那天坐在操场的灯下聊天，我忍不住问她近日怎么了。梅说，她有一件事想告诉我，后来又改变了主意。为什么？她说，人有时候该留一个空间给自己，保守秘密。那阵子我才明白，梅和我有着共同的渴望，渴望一间给心灵居住的屋子。

　　后来的日子里，我时常梦见冬天，梦见一场接一场的大雪覆盖着一座美丽的村庄。村庄的人不多，房屋也不多，但是有一间很漂亮的红砖瓦房，瓦房上空的烟囱悠闲地吐着缕缕白雾……我欣喜地向它走去，一直走向梦的深处。

　　参加工作之后，由于单位在离家较远的小镇上，我终于有了一间渴望已久的独居的房屋。我将房屋布置得浪漫而整洁，很接近我的性格。虽然它不及城市家中豪华，但我喜欢它的宁静，喜欢它能收留我的心灵居住。在这间屋里，我喜欢夜读，喜欢无人干扰我写作，喜欢将心情散落在桌面上与灯交谈……

　　一个冬日的早晨，推开屋门，整个小镇被悄然而至的夜雪装扮得楚楚动人，对面山上各种树木的千姿百态倒显出一种冰清玉洁来。我呼吸着清晨新鲜空气，向百米之遥的山上走去。在山上，我看到我居住的房屋，恰似我梦中出现的红砖瓦房，坐落在雪的中央，是那般洁静而脱俗。

丢失的乳名

被人呼唤了十几年的乳名，忽然不见了。

母亲说，姐弟们都长大了，以后相互不要唤乳名了。当时，我的感觉便是隐隐的失落。一日不慎喊出了妹的乳名，被母亲听见一顿指责，觉得很委屈，那一刻的失误是无意的，但我却希望自己是故意的。好端端的名字为什么不能唤？

一个人若是经历一次心灵上的磨难，成熟可能就是一夜之间的事，与岁月与成长无关。那么乳名呢？它与什么有关？

我在深深的小巷里回首，在宁静的夜色里驻足，就是为了心灵深处的一份祈盼：谁来呼唤我的乳名？

也许任何一个名字对于人来说只是一种被确定的符号，不论它好听与否，意义深远与否，它都是父母留给我们最久远的纪念！

与同事相处，我喜欢被呼其名，而不是姓氏前的小或老。称呼上的区别或许跟心灵上的隔阂无关，但绝对同感觉有关，所以我珍重名字。有一天呆在卧室里，冷不防听到母亲唤我的乳名，喜滋滋地应了一声跑出来，母亲却说叫的不是我是父亲。我在浅浅的沮丧里嘀咕着：明明是我的乳名怎么说唤的是父亲？原来，在西北农村，夫妻间的称呼往往不是长子就是长女的乳名，而很少称对方的姓道对方的名，在农村生活过多年的父母便延续了这一习俗。我不知在他们呼唤爱人的那一刻，是疏忽了儿女的存在，还是惦念着岁月牵大了儿女的手，自己却一天天远离了年轻。不管怎么说，一个名字成了几个人的代号，对名字的真正拥有者是一种被掠夺的遗憾。

成人的苦恼远远大于任何成长阶段，我们对乳名丢失的怀念或许就是对童年乃至少年时代某些美好记忆的怀念！希望被别人唤起乳名，就如生活的空间里，我们所面对的都是孩子般乌亮、清澈的眼神，善良而真诚。

狗的爱情

本来我对狗是有许多好感的。譬如它看家护院的本分，不嫌家穷的忠诚。直到后来，看到一只只混血狗趾高气扬地傍在大款和阔妇的身后，我又看清了狗仗人势的肤浅，于是对狗的好感也渐渐淡去。

有一天在朋友家看到一只矫情的狗，更增加了我对狗媚俗的厌恶感。

朋友是一位相貌、气质均不错的独身女人，拥有一套住房，至于为什么不嫁，我猜想，其中定有一段不寻常的爱情故事深藏在她的记忆里。她也从不向人谈起，于是这猜想便充满了神秘的魅力。面对此友，心中不免有些失落和惋惜，总觉得她的生活里还缺点什么。但她的热情开朗又似乎证明自己生活得不错，尤其对狗的呵护与怜爱，使我感到一个女人本身具备的母性内容。朋友养的这只狗的确很漂亮：雪白的身体、方正的脸盘、圆圆的大眼睛又黑又亮。朋友将它抱在怀里不止一次地问我：它挺漂亮吧?! 我承认这是一只漂亮的狗，但我并不喜欢它。

记得第一次进朋友家时，它扑上来对我一阵狂吠，不让我坐沙发。当我移到床边还没坐定，它又跃到床上，两只前爪搭在我的双肩上，又是吠又是闻。朋友呵斥它，它也不理。吓得我站也不成坐也不是，浑身直冒冷汗。过了一会儿，它终于肯放下前爪不对我吠叫，我的呼机又不择时地响起来，当我起身要回电话时，它又汪汪地扑过来……那天真是扫兴至极。难怪有人表达对某人的恨与轻蔑时，便将某人喻作狗。

有一天，与此友通电话时，她说起那只狗到了恋爱期。我笑了："狗还懂得恋爱啊?" 她听到我的调侃，很认真地说："你怎么就不相信呢?" 其实我对狗没有任何兴趣，只是出于对友人的礼貌，我听起了她的叙述。

朋友到狗市上邀请了一只同样漂亮的种狗，带回来后，却被她的狗拒绝了。没办法，朋友只好带着它亲自去狗市，让它自己选择。而它的选择却不尽主人之意。听到此处，我感慨万千，一只狗对于爱情都能表现得如此纯粹，而人在很多时候却不能。从朋友对这件事的态度上，我们不得不承认，人的意志具有多大的强制性和掠夺性。

　　或许人类乐意消亡在意志里。人类需要爱情，却得不到纯粹的爱情；许多人渴望权力，拥有的却不是纯粹的权力；人还要追求名利与地位……因为人类想要的内容太多了，所以才不纯粹。作为人类的一个分子，在灵魂的圣地上，我一边试图坚守，一边企图背叛，就这样行走在情感深处才发现自己不过是一个边缘人，于是内心便有了深深的隐痛。然而正是这样一只普通狗的爱情，让我对自然界的所有生命肃然起敬。

玉洁冰清

我喜欢听玉相碰的声音。

十月的西安，被一场持久的秋雨淋洗得清凉洁爽。参观完兵马俑出来，雨依然淅淅沥沥。看着时间尚早，于是顶一把伞，徘徊于各玉器店门外，玉器轻撞而出的清脆悦耳之声沿着伞骨滚落，顷刻间，我眼前盛开成一串碎裂的雨珠，那晶莹剔透的跳动让我看到冰的质点，并由此使我联想到了玉。

宁肯玉碎也不瓦全，是怎样一种至高至纯的品质！

走进玉器店，观赏各种玉器不同形态地被陈列在玻璃柜中，在灯的折射下，闪烁着晶莹的光泽。它不同于金银的雍容华贵，却似冰清玉洁般的姿态舒展着高雅脱俗的品质。店内暗香浮动，余音缭绕，这其实是玉的一种语言呵！尘世中有很多人可能已经习惯了追名夺利，铜臭沾身。在这种荣华的表层之下，此刻，我们多么需要倾听这种透明的语言，使所有沉浮着的灵魂逐渐透明起来。

叮当声起，玉香轻拂。出售玉器的小姐一边给我们讲述玉器的产地、质地以及价值，一边拿起一副玉镯相互摩擦，之后递给我们闻一闻，原来玉味清香冰凉！随后她又拿起一副玻璃手镯相互摩擦，其味温热浓臭。当我们蹙起眉头时，售玉小姐笑了起来，她说，这就是玉与其他矿物质的不同。

观赏玉的容颜，倾听玉被撞击发出的情音，使我对怜香惜玉的心情有了别样的体会。驻足柜台前，精心挑选了一对玉镯戴在手腕上。走出玉器店，我轻轻合掌，使一对玉镯相亲相离，那种凉透肌肤却又甘美无比的声音与滴答的雨声相伴，清脆悦耳。我一路走，玉一路响。

中国当代西部文学文库

我始终接受着人们将玉作为赞喻美好事物的象征。这种清纯至洁、不落凡俗的品质，这种宁肯玉碎也不为瓦全的气节，应该是固守在人们灵魂深处的一盏灯。可惜的是，有许多赶夜路的人却将这盏灯熄灭了。也许，在这个多棱多角的世界里，有很多人已经不可能像玉一样地存在于世，因为我知道，他们担心触礁的碎屑会随时飞扬。于是，在拥挤的人群中我们再也看不到一些可贵的品质，而在随处可见的笑容里，谁又能知晓这种笑意里匿藏了多少玲珑的心计？但我相信，只要这个世界上有花开花谢，有冰凌的玉石紧贴肌肤磨出一些清脆细弱的玉纯之音，便会有许多人和我一样尽力保持玉的姿态与品格。让我们善良透明的人生光泽如萤火一样，尽管微弱，却能闪烁出希望的光芒。

搭车人

　　立冬那天清晨，落了一场雪粒子，空气新鲜而潮湿，我行走在这座四面环山的西吉街道上，被眼前山蒙蒙、雪雾蒙蒙的初冬景致所感染。季节！季节的每一次更替居然能在一个人的内心掀起千层风景，然而很多时候，一个人的内心翻跸总不能被外人所知！于是，那些秘密开放的美丽心情啊，像一缕被人呵湿的空气，只有在寒冷的季节里才能显出她浅浅的影子。

　　我一直沉浸在被季节渲染的情绪里，全然忘记了冰冷的路面在零下气温里，再也没有足够的热情去及时融化雪粒。我想，这种性格必然决定了我浪漫的理想主义色彩在现实生活中缕缕受挫的一个主要原因。中午时分，雪粒子停了，寒风一阵一阵地吹着，办完事急于回家的我，匆匆坐上了两点半的公共汽车。

　　一路上，车走走停停地招揽路边的行人。开着的车门里并没有走进几个人，只有寒冬的风沿着敞开的车门大大方方地出入。大约一个小时之后，一辆坏在路上的面包车挡在前方，两个司机打过招呼之后，一条粗粗的绳子便将两辆车像兄弟一样挽在一起，一前一后慢慢滑行。翻过一个山坳，又是一个梁，车滑得实在无法前行，便停在一个小坡上，等待向来往的其他司机打听路上的情况。天色也开始暗下来，在这个前不着村后不着店的地方，我冻得浑身发抖，心里却像着了火一样：出门两天了，没给家里打一个电话，也不知父母会不会为我担心？正在我一边跺着脚一边埋怨这鬼天气的时候，司机喊我们下去推车。谁推？看看车上仅有的四个乘客，我将头扭向窗外。

　　难怪会有许多人信命，原来命运竟然如乘车一样将许多不幸的巧合安排在了一起。

坐在我前座的小伙子回头看了看我，向车上的人讲起了一个故事。他说，去年冬季的某一天，一辆外地客车经过六盘山时车坏了，那时候正是晚上，所有的人与外界失去了联系，等到第二天人们发现时，车上的幸存者仅剩几人，其中有一对年轻的父母将他们身上的棉外衣盖在了三岁的儿子身上……小孩活下来了，而他们和其余的人全冻死了。小伙子沉默了数秒，又说："如果当时大家都想想办法，团结一点，可能会是另一种后果。"说完后，他便径自下车了。

一个中年农民下车了。

我紧随一个同龄姑娘也下了车。

双手推在冰冷的车皮上，我们只能看清从嘴里呵出来的热气。

车又慢慢走起来，走走停停……

到家时已是街灯辉煌。然而短短的六十多公里的路程，漫长的五个小时行程，以及一堂生动的人生教育课程都将在我的记忆中划出一道清晰的印痕，提醒我面对困难保持一种积极的乐观心态。

开花的手指

合 脚

去年的鞋子崭新依旧，取出来擦得锃亮用来换季。奇怪，去年穿在脚上既美观又舒服的鞋子今年却不合脚了。我不知道是鞋子发生了变化，还是脚发生的变化。

曾经听人不止一次地说："婚姻好比鞋子，合不合脚只有自己知道。"我不能否认这个比喻存在的合理性。人的一生若真能以鞋子定位，那该多好啊，这样就可以舒舒服服、放放心心地生活一辈子了。可婚姻毕竟不是鞋子，它此时合脚，彼时合脚，也不能保证一辈子合脚。不然怎么会有那么多当年爱得死去活来，生活在一起又磕碰得叮当作响、反目成仇的夫妻？还有在一起生活了几十年的夫妻，却能潇洒地抛弃陪自己走了半生风雨的那双鞋子。看来，鞋子只能是鞋子，丢掉了无足可惜。那么婚姻呢？处在鞋子的位置上，实在是一种快节奏的悲哀。

其实，婚姻喻作什么都无关紧要，关键是人的一生应该有好多珍惜的东西。人生说长也长，说短也短，有时一回首就是华发丛生，岁月将你从人生的这头推向了那头。而唯一能够挽留的就是记忆。相爱，这是多么圣洁而又美好的主题，人们为"爱"营造温馨的小屋，给它合适的鞋子。爱一个人不容易，为了曾经付出的那份真爱，为了几十年风雨同舟的朴素情愫，我们也应对自己说：宽容一些、体谅一些、珍惜一些……

席慕蓉女士《无怨的青春》就说得比较好：在你年轻的时候，如果你爱上了一个人，请你，请你一定要温柔地对待他。不管你们相爱的时间有多长或多短，若你们能始终温柔地相待，那么，所有的时刻都将是一种无瑕的美丽。若不得不分离，也要好好地说一声再见，也要心存感谢，感谢他给了你一份记忆……

中国当代西部文学文库

烙在日记上的印痕

记得少年时的作文中总少不了这样一个情节：每天看到父母早出晚归忙碌的身影，以为理解了他们为儿女和生计不辞劳苦，便为自己不曾发奋学习而深感愧疚。如今，当我为每月两千余元的收入也开始步履匆忙时，才发现我当年稚嫩的笔并不曾深入过父母的感触。

有一段时间，我被一种身心疲惫的感觉压得喘不过气来。这时，外婆听说我晚上兼了家教干，便打来电话对我说："孩子，钱是身外之物，够花就行了，别累坏了身体……"我无言地听着，泪水盈眶。我不是一个爱钱的女子，但生活中，许多和钱相关的内容却无时不在鞭策着我们面向生活的目标，看到搁浅的爱情以及无法辉煌的事业在世俗的摇篮中等待成长。我只能含着泪悄悄对自己说：奋斗吧，没有人疼你像疼自己一样！于是，我将所有美好或不美好的时光用一支纤细的笔扫进了工作，然后又在夏日的月光下送家教孩子回家。一前一后的影子映射着我坚持的尺度，我咬紧牙关用一句名言鼓励自己：挺住就是一切。而在夏季持久的高温中，我其实并不清楚挺住对我到底意味着什么？只是将自己如一张牌一样甩在桌上，用写字的方式熬夜，却不知道熬夜的刀锋正偷割着我的青春。

因为发现了岁月的无情，才从匆忙的时光中抽出一缕闲暇空隙，将自己展晾在镜中凝视良久：镜中的女子光洁如玉，镜中的女子苍老如石。我知道，终有一天，这个女子会被一种力量粉碎，那些心酸的内容随着粉末飘飞。对于未来，许多美好的憧憬已被泪水淹没。在黑夜，我不止一次问自己是不是对生活苛求得太多？然而得到的答案却是否定的，我只不过要求了我应该要求的那一部分生活，而我所经历的路程却又是那么崎岖漫长。

这个时候，我便相信了命运但又不屈于命运，这就注定我会比别人吃更多的苦。我不知道，未来的日子会不会苦尽甘来，于是，在每一个白天过后，泪水使我变得清纯而绝望。

透过泪水清洗过的青春，我看到自己从一座城市逃向另一座城市，从一个节日逃离另一个节日，却万万没有想到自己背着影子逃跑，在每一个独对冷月的夜晚，内心一片漆黑，无意间伸手去摸了摸，才发现，我始终没有放弃过对激情的渴望。这必然的痛苦像一条青藤缠绕着我的精神生长。然而却有许多人用羡慕的目光打探我看似丰华的外表之后，用很不理解的语气对我进行一番评价。我想，我果然是一个不知足的人吗？那么我甘愿沉入"不知足"的磨难中。我无比虔诚地坐在桌前，一笔一画地在日记中写上：其实每个人的一生都相当不易，要么受身体之累，要么经精神之苦……

写给一个相关的下午

从一座城市行走到另一座城市，从一种遭遇过渡到另一种遭遇，我忽然间相信，人的灵魂里有一条秘密的通道，让生命深处的知觉自由行走。或许，我们并不能清晰地言说那种内在的关联，但却能真切地感觉到那些来自我们内心底层莫名的伤感和喜悦。

外婆去世的那个下午，我在相隔数百里以外的一座城市里忧伤地哭泣。当时，我并不清楚自己为什么那么伤感，偎在空荡荡的屋子里，有一种被人遗弃的绝望。在整个流泪的过程中，我的思想变得纤细脆弱而又无比丰富，同时，大脑在这种急速运转中很快就疲惫下来，然后使哭累了的身体蜷缩在沙发里睡着了。醒来后，我依然摆脱不了内心的伤感，在暗夜里睁着一双湿漉漉的眼睛，守候心灵深处最孤单的那份感觉。那一夜，李子回来得很晚，当他拧亮客厅的灯时，被我当时的样子吓了一跳。他问我：这么晚了怎么还不睡？你又怎么了？我说不清自己内心具体的感觉，却以为自己哭泣的另一个原因，就是不断封锁自由之后，才发现没有得到自己想要的爱情。在那些平淡的、孤单的日子里，我多么渴望能感觉到爱的激情以及那些来自对我内心的关爱，然而这一切都在我的期待中破灭了。

李子的工作很忙，除了早出晚归之外，很少有周末休息。即使有，也是沿袭了他单身生活时的一些社交习惯，很少在意我独处的感觉。我原想，他若能说一些歉意的话来安慰我低落的情绪，使我不再耿耿于怀那些孤寂的周末情怀。然而，他却沉默在了深夜的电视剧中，无视我无声的泪水。

那一夜，我们的心事因无法交流而变得冰冷起来。

第二天，得知外婆去世的消息，我才明白自己伤感的真正原因：是一

开花的手指

位亲人轻微的足音踩痛了我生命内在的感知。她的离去，让我体味到了一种无法排遣的寂寞。这种寂寞使我变得伤感而无助，那一刻，我流着泪水开始寻找最亲与最近的安慰，我想，我种安慰应该来自于一个被称作爱情的地方。而我因无法护理情感中最脆弱的那个部位，最终为寻找失败而伤心地流泪。

因为体弱的原因，我没能参加外婆的葬礼。据一些亲戚说，外婆临走时神情很安详，像是熟睡了一样。于是有几次在梦里见到外婆，醒来后，总觉得她还活着，并且在自己的镇子上生活得很好。有时从梦中醒来，我总是痴痴地想，人若是能虚拟一种事实，然后搁置在自己的精神世界中，于是那些悲伤的、喜悦的心境也将渐渐变得平和起来。

我相信，人的一生中其实是很需要这种平和心境的。

一个人的战争

——胡琴片识

郭文斌

四年前的一个下午,我的办公室里来了一位女作者,显得瘦弱、内向,并且稍稍有点矜持,就像一片初春的叶子。她递给我一组诗稿,我这才知道她就是胡琴。接下来的日子里,我差不多每一周都能收到她的稿子,并且每一次都给我以震惊。"短信里藏着一双 / 用爱情伤害我的眼睛","用简朴的方式蹲在地上 / 观望爱情喜人的长势",这样的句子,在胡琴的诗里,比比可见。难能可贵的是,不久,胡琴就从优美的"句子"中走了出来,隐身于同样优美的"整体",显得从容起来,至于从容在何处,却没有细究过。前不久,应《新消息报》白草先生之约,才开始"理论"地"进入"这个孩子,获得一些印象。

胡琴向我们打开的不是梳妆室和更衣间,而是一个生命的小弄。小弄一角,一个淡淡忧郁的女孩抚发而坐。陪伴她的,除了覆着薄雪的玫瑰,还有断翅的蝴蝶、开花的指头;阳光的雪花一片片洒落,无边的寒冷让一个寒冷的女孩试图坚守,寒冷和坚守让胡琴的诗一派高贵。这是一种心灵的叫板,一种生命和艺术成长的沉吟。她的诗来自没有污染的感觉,是生命在阳光和灯光下的盛开、滑行和飞翔,让人每读一遍都有一种锋利的切肤之感。古典而又现代,充满欲望而又无比圣洁。她的表达是女性化的,同时带有私人性。杜拉说,"生活中没有爱是不可能的",看得出,对爱的等待和思索,成了胡琴汪洋的诗情源泉。

胡琴也写散文。胡琴的散文却有所超越:她伸手抓住的是一种"此在"的陌生的美。我们完全可以将她的散文看作诗歌,因为它近于诗歌的本质,即通过特别的发现改变固有事物的模样。因此,将她的散文放进诗集中是不必甄别的。"已经无处购买一件为心灵御寒的衣服,只有坐在黑夜里时,流着泪抱紧自己作为取暖的唯一方式"(《阳光桌面》)。现在,已经到了冬天,我不知道她"冰封的爱情"是否"在一个人的眼睛里 / 无言解冻"(《冬天的眼睛》)?

(据《新消息报》2000 年 2 月 2 日)

后 记

出诗集之于我可能就是一个梦,我甚至还没来得及去做这个梦。

八月末,唐晴打电话给我,要我整理诗集作品。当时,我正在固原休长假,没有丝毫的准备。回到银川,开始搬家,照顾女儿的起居。直至十月初,我才放下生活细琐,动手翻找诗稿。

整理诗稿的过程,我始终心怀忐忑。

在诗歌的道路上,我是一个刚学会走路就放弃练步的人。惰性以及不自信,让我整整休眠了十年。

这十年,我忙于生计,忙于厨房的烟火,以及所累不得善解的忧郁让我心生哀怨却不能表达,我把疲惫折叠在黑夜里,枕着它入眠,这一睡,就是十年,其间只留下几首诗作伴。

疏远诗歌的日子,使我时常处在不舍的煎熬中。在那段时间里,我很感激杨梓老师没有放弃我这个弃笔落队的人,虽然他不多问我不写的原因,但每次在他提供与诸多诗人会面的场合,都让我心存不安,知道诗歌在我的心中依然有着非比寻常的分量!还有梦也老师的偶有约稿,就算我写不出诗、写不好诗,我也不敢怠慢自己的梦想。他们的关心让我时常提醒自己:虽然我是一个很庸常的女人,但我的心里有一块诗歌的净地,我的生活肯定有一点点的与众不同。

在我写作初期,如果没有王怀凌老师给我的指点和帮助,或许,我只是个以文字自娱自乐的小资女,在笔记本上记录一些小情调,抒发一些忧伤和感怀罢了,没有人会知道我的存在。是王怀凌老师将我带到了诗歌的正道上,结

开花的手指

识众多的文朋诗友,此后,我的诗歌才有了向前走的方向。也很感谢郭文斌老师在 20 世纪 90 年代末,提供了大量的版面来支持我的诗歌作品。

整理手稿时,我发现大多数诗歌发表于 2000 年之前,而此后的十年,我几乎是一个诗歌之外的闲人。此时,我内心的愧疚和不安难以平息,我总担心自己对不住读者,曾一度打起退堂鼓,但一想想这难得的机会,又舍不得放弃。我对自己说,这本诗集,应该是我重回起跑线的一个里程碑,我一定会把握住机会,向前跑!

在这里,感谢所有关注和支持过我的朋友。

胡 琴

2011 年 11 月